猫が教えてくれた
ほんとうに
大切なこと。

Really Important
Stuff My Cat Has
Taught Me

シンシア・L・コープランド

CONTENTS

**1** 型にはまらない **005**
Be the exception

**2** ひとりの時間を持つ **029**
Take it all in

**3** 冒険心を持つ **053**
Live on the edge

**4** 好奇心を持つ **075**
Let your mind wonder

**5** ばかげたことをしてみる **099**
Add whimsy to the world

**6** 人を喜ばせる存在になる **131**
Rub people the right way

**7** 自分の人生の主役になる **153**
Make an entrance

あとがき

Be the exception

# 型にはまらない

自分の意志を曲げて他人に合わせようなんて、猫は一度も考えたことがないだろう。失敗しようと命の危険を冒そうと型にはまらないその姿は、私たちを魅了してやまない。彼らはあえて、普通ではないやり方を選び、大胆にルールを破り、自分なりのルールをつくりあげる。みんなと一緒のやり方で成功することより、たとえ失敗したとしても挑戦的なアイデアを実行することに価値を置いているようだ。進歩というのは、今までの型が破られたときにのみ成し遂げられるものだ、と猫は感覚的に知っているのかもしれない。あるいは彼らは本能的に、美しいハーモニーというものは、それぞれが違う音から生まれるのだということを知っているのかもしれない。あるいは、単に「型にはまらないこと」を楽しんでいるだけかもしれない。

いつもと違う視点でものを見てみる。

真似っこはしない。

ときには本能のままに。

ときには気の向くままに。

"There are no ordinary cats."
——  COLETTE

"平凡な猫なんていない。"
——コレット

フランスの小説家シドニー＝ガブリエル・コレットは、
その生涯にわたる猫への愛ゆえに、
「元祖キャットウーマン」と呼ばれてきた。
舞台や映画にもなった中編小説『恋の手ほどき』が
もっともよく知られているが、1933年には猫と夫婦の
三角関係を描いた『牝猫』を著している。
彼女は晩年、パリを臨むマンションに閉じこもり、
愛する猫たちを大きな慰めとした。
「猫と過ごした時間は、一秒たりとも退屈しなかったわ」と
コレットはかつて語っていた。

何をするにも釈明なんてしなくていい。

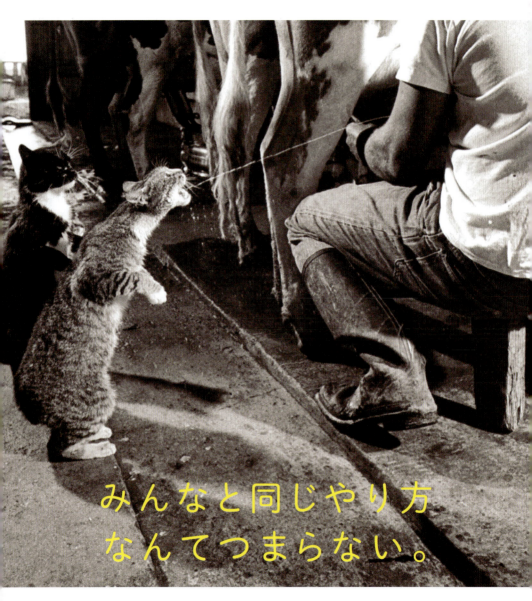

小さくおさまるのもつまらない。

# 自分の心に従おう。

強い絆で結ばれた、
ロシンカとフョードル

シベリアにある動物園の園長、タチアナ・アントロポワは、生まれたばかりのフョードルというリスザルが、母親から育児放棄されていることに気づき、世話をするために自宅に連れ帰った。すると驚いたことに、飼い猫の16歳のロシンカがフョードルを慰め、母ザルがするように自分の背中につかまらせて世話をし始めた。フョードルは食べるとき以外はずっとロシンカの背中にしがみついていた。フョードルはいたずら好きで、老猫のロシンカを噛んだりつねったりしていたにもかかわらず、ロシンカは辛抱強く優しく、フョードルが動物園の他のリスザルの中に加われるようになるまで育てたのだった。

"In order to be irreplaceable
one must always be different."
— COCO CHANEL

❝かけがえのない存在に
なりたいのなら、いつも人と
違っていないといけないのよ。❞
—— ココ・シャネル

" *If I'm going to sing like someone else then I don't need to sing at all.* "
— BILLIE HOLIDAY

❝誰かのように歌うのなら、
私が歌う必要は
まったくない。❞
—— ビリー・ホリデイ

### あなたはどのぐらい型破り?

猫を飼っている人の多くは、「型にはまらない」という話になると、誇らしげに自分の猫になりきって答える。もし次の項目に当てはまるなら、あなたは型破りな人かもしれません。

- いろいろな意見や人生経験を持つ人たちに囲まれている
- 失敗をチャンスと捉える
- 「どうして?」や「〜したらどうなるかな?」という質問をよくする
- 同調圧力を気にしない
- 「好き」や「嫌い」といった漠然とした言葉で片付けない
- 自分の考えとは違う情報や意見に積極的に触れている
- ルールを指標にはするが、ルールに縛られることはない

正しい寝方なんてものはない。

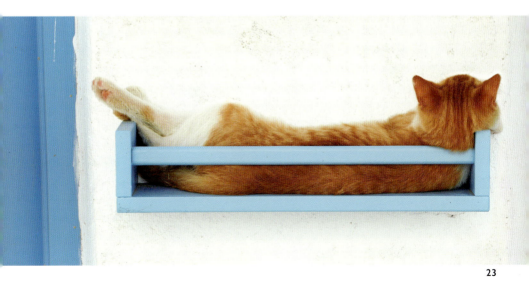

みんなと違うところを
選ぶ。

" Shoot for the moon. Even if you miss, you'll land among the stars." — LES BROWN

" 月を目指しなさい。たとえたどり着けなくても、どこかの星に着陸するだろう。"
——レス・ブラウン

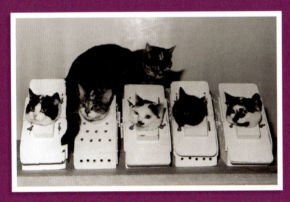

カプセルに入った
フェリセット（一番左）と
一緒に訓練を受けた猫たち

1963年10月18日、フェリセットという猫がフランスのロケットの先端にあるカプセルに乗せられ、サハラ砂漠の発射台から宇宙に打ち上げられた。フェリセットは、宇宙飛行のために膨大な訓練を受けた14匹の猫の中から選ばれた。その落ち着き払った小柄な猫は完璧な「宇宙飛行猫」になった。15分間の飛行中、フェリセットの脳に埋め込まれた電極は科学者たちにデータを送り、貴重な情報を提供した。宇宙に100マイル行った後、カプセルはロケットから分離し、フェリセットはパラシュートで安全に地球に戻ってきた。

# Take it all in

# ひとりの時間を持つ

たとえ飼い猫であっても、猫はみな自立していてミステリアスだ。ひとりになりたいときには周囲に気づかれずに姿を消し、数時間後にエサの缶を開ける音や新聞をめくる音を聞きつけて急に現れる。猫は私たちに、ひとりでいる時間が必ずしも孤独を意味しないということを教えてくれる。ひとりで物事に打ち込むことが大切であること、ひとり静かに内省する時間を持つことが精神の回復にとって必要なのだということ、そして、一緒にいるときの愛情に満ちた沈黙は、活発な議論をするのと同じぐらい充実した時間だと教えてくれるのだ。

時々、まわりの人に
あなたがいなくて
寂しいと思わせよう。
この数時間、どこに
行っていたのだろうと
不思議に
思わせるんだ。

"... Be alone, that is when ideas are born."
— Nikola Tesla

"……ひとりきりになろう。
そのときが、アイデアが
生まれるときだ。"

——ニコラ・テスラ

# 偉人たちは
# インスピレーションに
# 必要なひとりの時間を
# いかにして見つけたのか

偉大な作曲家、アマデウス・モーツァルトは、ひとりの時間を「乗り物に乗って移動しているとき、あるいは美味しい食事をした後の散歩をしているとき、またあるいは眠れない夜」に見つけたという。
理論物理学者のアルバート・アインシュタインは、海辺での長い散歩の時間をつくっていた。平日には時々「横になって天井を見つめ、自分の空想の中で起こっていることに耳を傾け、心に描いて」みていた。
多大な影響力を持った小説家、フランツ・カフカにとっては、そのままでいることが答えだった。「部屋を出る必要はない……ただ静かにそのままでいるんだ……」

注意して見る、
そしてじっと待つ。
そうすると向こうから
近づいてくるんだ。

# 神秘的な雰囲気を
# まとっておく。

毎週2、3回、片方の目は青、もう片方の目は緑の白い猫が、イギリスのとあるバス停で待っている。バスが停まると、彼は飛び乗って席に座り、次のバス停で降りる。彼は一方向にしか乗車せず、彼がどうやって家に戻るのか、はっきりとは誰も知らない。同じバスに乗り合わせた人はその猫を「完璧な乗客」であると褒め、「彼は静かに座り、自分のことに集中し、そして降りる」のだと言う。バスの運転手と乗客たちはT.S.エリオットの『キャッツ──ポッサムおじさんの猫とつき合う法』に出てくる神秘的な猫にちなんで、彼にマキャヴィティとあだ名をつけた。

一緒に
いながら、
ひとりの
時間を
持つことも
できる。

"If cats could talk, they wouldn't."　— Nan Porter

「もし話すことが
できたとしても、猫は
話さないだろう。」
——ナン・ポーター

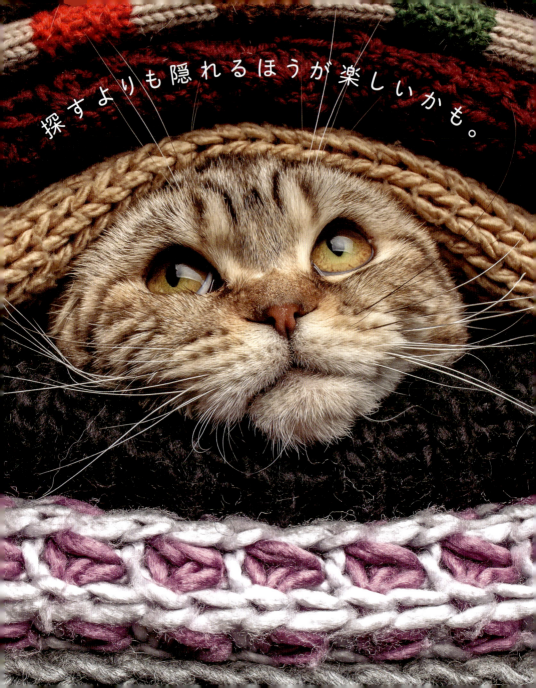

世界が眠っている
ときこそ
ひとりの時間に浸る。

# 冒 険 心 を 持 つ

　どんな場所でも、猫は大胆不敵に生きられる。快適さを好む反面、自由と冒険を欲する。彼らは真の探検家で、決まった目的地を持たずひとりで、好奇心と、何か新しいものを発見したいという生来の欲求に駆られて、来る日も来る日も出発する。いつもうろついて飛び掛かる準備をし、自分のなわばりや大切な友達を守るため、あるいは単にスリルを求めて驚くべきリスクを冒す。説明のつかないような行動が、彼らの神秘的かつ魅力的な一面になっている。私たち人間は彼らの冒険心がいかに大きいか、いかに充実した毎日を生きているかを決して知ることはないだろう。

ときには容赦なく
爪を立てる。

"It is not the mountain we conquer
but ourselves."
── Edmund Hillary

❝私たちが征服するのは、
山ではなく私たち自身だ。❞
──エドモンド・ヒラリー

　登山家のクレイグ・アームストロングがユタ州の動物保護シェルターから捨て猫のミリーを引き取ったとき、その猫が恐れ知らずの登山パートナーになるとは想像だにしていなかった。クレイグは登山の間、ミリーをひとりで留守番させることに後ろめたさを覚え、登山に連れていけるよう訓練してみることにした。すると間もなく、ミリー登山家として素晴らしい素質を持っていることがわかった。高所をまったく恐れず、驚異的なバランス感覚を持ち、リスクを恐れないミリーは、しばしば登山道でクレイグを先導する。安全のためのハーネスをつけ、ミリーはユタ州のもっとも有名な山に登り、ほんのわずかな人しか成功していない、難関のアルカトラズ峡谷まで制覇した。クレイグは夜に寝袋の中ですり寄ってくるからだけでなく、ミリーと一緒のほうが登山のテンポが心地良く、また、世界を彼女の目を通して新しい視点で見られるため、大いにミリーとの探検を楽しんでいるという。

"I may be going nowhere, but what a ride."
— SHAUN HICK

❝どこに向かっている
わけでもないけれど、
乗せてくれるなら
乗るに限る。❞

——ショーン・ヒック

# 思わぬことが、最高の冒険につながる。

密かな同乗者を見つけたパイロット

フランス領ギアナの飛行訓練スクールのパイロットは、オープンコックピットのグライダーに一匹の猫が密かに乗っていたことに、地上数千メートルに達するまで気づかなかった。幸い、彼らは全員無事に着陸した。その猫は平然としており、その後もスクールを度々訪れている。「彼女は今も私たちのマスコット的存在です」とパイロットは語る。

"Always make a total effort, even when the odds are against you." — ARNOLD PALMER

"たとえ勝算がなくても、ありったけの努力をするんだ。"
—アーノルド・パーマー

# 猫と車で旅に出るための5つのコツ

ほとんどの猫は各地を転々と旅して生活するよりも、慣れ親しんだ環境を好むが、もし車での旅に猫を連れていきたいなら、次のようなコツがある。

1. 猫に前もって旅する車に慣れさせておこう。車内に慣れ親しんだ寝具類を敷いて、探検させよう。

2. 猫の乗り物酔いを抑えるため、短いドライブから始め、徐々に長くしていこう（決して出発直前にエサをやらないように）。

3. 必要になりそうなものを車に積んでおこう。たとえば、猫用リード、使い捨て猫用トイレ、家で慣れ親しんだ水の入ったボトルなど。そして、猫が水を飲んだりトイレをしたりできるように、定期的に休憩を計画しておこう。

4. 猫の様子をしっかり見てあげよう。車内を安定して快適な温度に保ち、ラジオの音量は下げ、一度に3分以上猫をひとりきりにしないようにしよう。

5. 首輪にIDタグがしっかりとついていることを確認しておこう。

"A good traveler has no fixed plans, and is not intent on arriving." — Lao Tzu

"良い旅人は計画しない。そして目的地に到達することに執着しない。" — 老子

チャンスを
つかもう。
命知らずに大胆
に振る舞おう。

# 内なるライオンの声に耳を傾けてみよう

一頭の黒いクマがニュージャージーのとある家の庭に迷い込んできたとき、トラ猫のジャックは快く思わなかった。シャーッと威嚇しながら、そのトラ猫はクマに大胆に立ち向かい、隣家の木の上に追い立てた。およそ15分後、クマは逃げようとしたがジャックはなお激しく威嚇し、別の木に這い登らせた。最終的にジャックの飼い主のディッキー夫人がクマに森の中へ逃げるチャンスを与えるため、ジャックを家の中に呼び込んだ。彼女は「彼は自分の庭に誰も入れたがらないのよ」と笑った。確かにそのようだ。

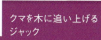

クマを木に追い上げるジャック

ときには
**向こう見ず**に
飛び出す
べき場合も
ある。

" You have enemies? Good. That means you've stood up for something, sometime in your life."
— WINSTON CHURCHILL

❝敵がいる？良いことだ。それは、人生で何かのために立ち向かったことがあるということだ。❞——ウィンストン・チャーチル

イギリスの元首相ウィンストン・チャーチルは大変な猫好きで、生涯を通じてたくさんの猫を飼った。中でもいちばんお気に入りの猫を、有名な海軍提督にちなんでネルソンと名付けた。チャーチルはネルソンの勇気に感服し、彼を「今まで見た中で一番勇敢な猫だ。大きな犬を追いかけているところも見たことがある」と自慢していた。また別の飼い猫のジョックは使用人からトラブルメーカーと見なされていたが、チャーチルは88歳の誕生日会にもジョックを招き、ほぼ毎晩一緒に眠り、食事よりも彼がやってくることを心待ちにしていた。チャーチルが亡くなったとき、ジョックは彼のすぐそばに寄り添っていた。

次なる大冒険に向けて
心の準備をしておこう。

Let your mind wonder

# 好奇心を持つ

猫は頭がよく好奇心旺盛だが、まわりにどう思われているかということに関しては徹底的に無関心だ。誰かを感動させるために新しいことを学んだりもしない。命令されて無意味な芸当を繰り返すことにまったく興味をそそられない。

猫の好奇心の強さと賢さ、粘り強さは、インターネットにアップされる動画で何百万もの人々を楽しませている。猫のユニークな知恵は簡単に測れるものではない。しかし考えてみると猫は私たち人間を、自分がエサがほしいときに与えさせ、安全なすまいや娯楽、そして愛情を無償で提供させるように訓練してきた。どう定義したって、猫は賢いのだ。

猫の賢さは
数字なんかじゃ
測れない。

好奇心を持とう。
答えよりも
たくさん疑問を持とう。

暗闇の中でも
何かを見つけよう。

# 都会で生き抜く力を
# 身につけよう。

約320キロもの
旅をしたホリー

彼女がどうやってそれを成し遂げたのか誰も見当もつかないが、飼い主とアメリカのフロリダ州のビーチへキャンプに行っていたときにそっといなくなった2か月後、4歳の三毛猫ホリーは自宅まで約320キロ歩いて戻ってきた。ホリーの話は驚くべきものだが、実は他にもこのような長距離を踏破したことのある猫がいた。さらに驚くべきことに、オーストラリアのペルシャ猫ハウイーは1978年、飼い主たちが休暇中に親戚に預けられた後、1600キロもの道のりを歩いて自宅まで戻ったのだった。

"Adopt the pace of nature: her secret is patience."
— RALPH WALDO EMERSON

> 自然の
> ペースを
> 取り入れよう。
> その極意は
> 忍耐だ。

—— ラルフ・ウォルド・
エマーソン

> "I have learned a great deal from listening carefully." —— ERNEST HEMINGWAY

> **「私は注意深く聞くことで、多くを学んだ。」**
> ——アーネスト・ヘミングウェイ

アメリカの名高い小説家アーネスト・ヘミングウェイは猫の「自分の感情に絶対的に誠実なところ」を称賛していた。人は感情を隠すことがあるが、「猫は隠さない」と彼ははっきり述べていた。ヘミングウェイはフロリダの自宅で30匹以上の猫と一緒に暮らしていた。その中には、とある船長から譲り受けたスノーホワイトという名前の多指症の（6本指の足を持つ）猫もいた。スノーホワイトのたくさんの子孫は今もヘミングウェイの所有地で暮らしていて、同じく6本指の足で元気に遊んでいる。

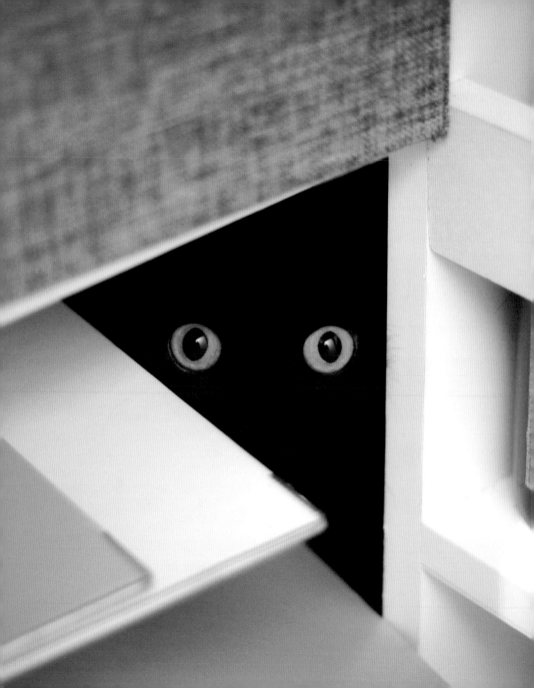

"Nobody knows I'm there,
yet I know everything."
—— Anna Paszkiewicz

❝誰も私がいることを
知らないが、
私はすべて知っている。❞
—— アンナ・パスズキーウィックツ

"In any library in the world, I am at home, unselfconscious, still and absorbed."
— Germaine Greer

> 図書館さえあれば、世界のどこでも、心からくつろいで、穏やかに没頭できるわ。
>
> ——ジャーメイン・グリア

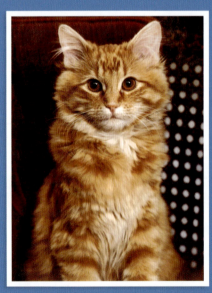

19年間図書館で生きたデューイ

「図書館猫」は、その存在で利用者を和ませるだけでなく、地域の読み書きの能力向上やペットの里親あっせんにも貢献している。さらに本をネズミから守る。もっとも有名な図書館猫はデューイ・リードモア＝ブックスだろう。公共図書館の返却ボックスの中で凍死しそうになっているところを救出されたデューイは、やがて大変な人気者になり、世界中からファンレターが届いた。デューイの訃報は250以上もの新聞・雑誌に掲載された。飼い主だった図書館員はデューイの生涯を一冊の本につづり、それはのちにニューヨークタイムズのベストセラーになった。

追いかけてばかりじゃダメ。
ときには相手の出方を見る。

## 5

Add whimsy to the world

# ばかげたことを
# してみる

猫は、人間には思いもよらない遊び方をする。小さなバスケットに自分の身体をぎゅうぎゅう押し込んだり、身体をプレッツェルのようにねじ曲げてぐっすり眠り込んだり、見えない獲物を追いかけて家中を疾走する。ツンとした表情も愛らしいが、頭上の戸棚から人間を見下ろすとき、また潜り込んだブーツの中から見上げてくるときのおどけた表情もたまらない。そんなときの猫は、「物事を難しく考えすぎてもしょうがないよ」と私たちに教えてくれているかのようだ。いくつになってもばかげたことをしていいんだと勇気をもらえる。実際、大人の猫は子猫と同じぐらい変なことをするのだから！　そして、何かをするときの最大の動機は、単純に「楽しいから」でいいんだと思わせてくれるのだ。

見えないものが見える
ふりをして、みんなを
困惑させるのって、

**最高に楽しい！**

"One cat just leads to another."
— ERNEST HEMINGWAY

"猫を追いかければ、猫がいる。"
——アーネスト・ヘミングウェイ

日本の数ある「猫島」の一つ、
青島では人よりも猫の数のほうが多い。
そこでは猫は幸運の象徴と考えられ、
巡り合った人にお金と幸運をもたらすと
言われている。
地元の人たちや観光客は
嬉々として猫にエサを与えている。

たまには間抜けなところもあえて見せる。

とんでもなく
変なことをしてみよう。

# 泥棒猫の戦利品

自分の戦利品を
詳しく調べるノリス

イギリスのブリストルに住むノリスは、本物の"泥棒猫"だ。夜中、近所をこそこそと歩いては、物干し竿から服や下着を盗み、さらには家に忍び込んでいる。帰宅するとノリスは猫用の入口から戦利品を引きずり込み、飼い主のウィンザー夫妻が起きてきてその手柄を認めるまで鳴き続ける。夫妻は近所の人たちに飼い猫のやっかいな癖について手紙で説明し、ノリスが盗んだものを返却しに定期的に近所の家を訪ねて回っている。「幸い、うちの近所の人たちは優しいんだよ」とのことだ。

至福の表情をしてみよう。
実際にはそれほど
でなくてもね。

" Cats do not have to be shown how to have a good time...."
— JAMES MASON

❝猫は自分で楽しめる。
教えてもらう
必要はないんだ。❞
——ジェームズ・メイソン

**猫ともっと楽しく遊ぶ方法**

- いろいろなサイズの紙袋と空箱を置いてみよう
- 窓の外の木に鳥のエサ箱を設置して、猫にその様子を見せる
- 金魚鉢を置いて猫に見せる
- プランターに、ライムギ、マタタビ、カラスムギ、大麦などの草を植えて遊ばせる
- 使い終わったトイレットペーパーの芯の片方の端を折って中におやつを入れ、もう片方の端も折って閉じ、おやつを取る遊びをさせる
- コーヒーテーブルにタオルやシーツをかぶせて布を長くたらして、猫の秘密基地をつくる

うっとうしい?
本当はかわいいと
思ってるんでしょ!

『ティファニーで朝食を』でオードリー・ヘプバーン演じるホリー・ゴライトリーは、飼い猫を単に「猫」と呼んでいるが、実際にはオランジーという名の華々しいキャリアを持つスター猫だ。いくつもの映画に出演しており、PATSY賞(いわゆる動物界のアカデミー賞)で二度の受賞歴を持つ。

" There's power in looking silly and
not caring that you do."
— Amy Poehler

" **バカ**にされても、
気にしない。
それは一種の能力なのよ。"
—— エイミー・ポーラー

"In politics, absurdity is not a handicap."
—— **Napoleon Bonaparte**

> 政治においては、
> 不条理は不利な条件ではない。

——ナポレオン・ボナパルト

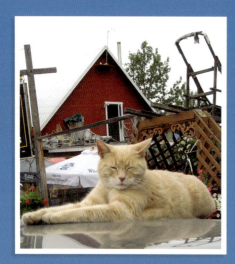

タルキートナ市長、スタッブス

スタッブスは、アラスカ州にある人口876人の町の名誉市長を1997年から務めている。スタッブス専用の市庁舎は彼女が拾われたコンビニエンスストアで、そこは町の主要な観光スポットになっている。そこで毎日30人～40人の観光客を迎え、世界中からファンレターを受け取っている。名誉市長に就任してからも、スタッブスは走っているトラックから飛び降りたり、レストランのフライ鍋の中に落ちたり、犬に襲われたりしたが、そのたびに回復し、市長の職務を果たすために戻ってきた。

とりあえず
跳んでみよう！

必ず着地できると
信じて。

寝た子を
起こそう。

好きなものは
どこまでも追いかける。

・ブランケットの下で動く手 ・ピンポン玉 ・くしゃくしゃに丸めた紙やアルミホイル ・トイレットペーパーの芯を切った輪っか ・マタタビの香りのついたシャボン玉 ・買い物袋でつくった「クモ」 ・人の足首に結んだヒモ

使い方は、

自分で決める。

*"Life is short, break the rules ... and never regret anything that made you smile."*
— MARK TWAIN

「人生は短い。
ルールに縛られることはない。
…あなたを笑顔にしてくれる、
なにものにも後悔しては
いけない。」——マーク・トウェイン

小説家のマーク・トウェインは、コネチカット州中心部の農園で11匹の猫と一緒に暮らしていた。「ただただ猫が好きでたまらないんだ、特にのどをゴロゴロ鳴らしている猫が大好きだ」と公言していた。彼はかつてこう述べた。「もし人間と猫の間に子どもが生まれるとしたら、人間にとっては進化になるだろうが、猫にとっては退化になるだろう」と。

## Rub people the right way

# 人を喜ばせる存在になる

猫の愛情表現は密やかで繊細。すり寄ってきたり、じっと目を見つめたり、手足でマッサージのように軽く押してきたりすることで愛情を表す。猫は本来単独行動を好み、社交的な生き物ではない。だからこそ、猫たちがこうしたしぐさを見せることを、猫好きの人たちは何より愛おしく思うのだ。猫はそこに存在するだけで、私たちを穏やかで幸せな気持ちにさせてくれる。癒やしを与え、どんな場所でも我が家でくつろいでいるような気分にさせてくれるものだ。

"Too often we underestimate... a smile, a kind word, a listening ear, an honest compliment, or the smallest act of caring, all of which have the potential to turn a life around." —— Leo Buscaglia

❝我々があまりに軽視しすぎているもの。
それは、笑顔や優しい言葉、
人の話をよく聞く耳、偽りのない褒め言葉、
あるいはほんのささいな思いやりだ。
それらのすべてが人生を好転させる
可能性を秘めているのに。❞

――レオ・ブスカーリア

いつでもあなたのための場所

を空けて待っているからね。

"A cat does not want all the world to love her. Only those she has chosen to love."

— HELEN THOMSON

❝猫はすべての人から愛されたいなんて思っていないわ。ただ、自分が愛すると決めた人からだけ愛されたいのよ。❞

——ヘレン・トムソン

譲り合いの精神を持つ。

# 家族がいちばん。

スカーレットと「母親」のカレン

1996年、ニューヨークでビルが突然火事になったとき、野良猫のスカーレットはガレージで5匹の子猫の世話をしていた。彼女は、燃えさかるビルを走って出たり入ったり、子猫を1匹ずつ救出した。炎でひどいやけどを負っていたにもかかわらず、5匹全員助け出すまで走り続けた。スカーレットが生き残った4匹の子猫と一緒に動物保護施設に連れていかれた後、この話は世界中の注目を集めた。子猫は2匹ずつ引き取られ、スカーレットは現在の飼い主のカレンと出会い、再び大切な家族を手に入れた。

そこにいるだけで、
みんなを幸せにする
存在になろう。

"*Do your little bit of good where you are; it's those little bits of good put together that overwhelm the world.*"

— Desmond Tutu

❝あなたのまわりを
少しだけ良くしましょう。
それらの小さな善行が、
やがて世界を変えて
いくのだから。❞

――デズモンド・ツツ

# とっさの行動に本質が現れる

赤ん坊の命を救ったマーシャ

ロシアのオブニンスクで地元の人たちからマーシャという愛称で親しまれていた野良猫は、ある極寒の夜、段ボール箱の中で泣いている赤ん坊を見つけ、中に飛び込んだ。翌朝、マーシャの鳴き声に反応してやってきた近くの住民は、赤ん坊とそのすぐそばで丸まって温めているマーシャを発見し、とても驚いた。赤ん坊が救急車に運び込まれるとき、マーシャはぴったりと後を追っていった。マーシャは、誰かがその赤ん坊を連れて帰ってくるのを待っているかのように、何時間も道端で待ち続けていた。その赤ん坊は一命を取り留め、心優しい猫の多大な貢献のおかげで健康になったと報じられた。

> *"Carry each other's burdens."*
> ── GALATIANS 6:2

> **" 互いの重荷を
> 負い合いなさい。"**
> ── ガラテヤの信徒への手紙 第6章2

### 良いセラピー猫の条件とは？

猫との接触が人間の精神的・身体的健康に効果があるとされているため、多くの猫がセラピーアニマルとして訓練され、病院や学校、老人ホーム、そして刑務所にいる人にも安らぎをもたらしてきた。アメリカではペットセラピーの一員と認定されるためには次の条件を満たしている必要がある。

- 人懐っこく穏やかであること
- すべてのワクチン接種が済んでいて、爪がきちんと手入れされていること
- 1歳以上で、その間ほとんどの時間を人間と暮らしてきていること
- ハーネスをつけるのを嫌がらないこと
- 生のタンパク質でない食事を摂っていること
  （生のタンパク質を摂っているとまわりの人間が感染症にかかりやすくなるため）
- 新しい環境や予測のつかない状況でも動じないこと

"The world is changed by your example, not by your opinion."
— Paulo Coelho

> **世界はあなたの意見によってではなく、あなたが起こす行動によって変えられる。**
>
> —— パウロ・コエーリョ

私たちの予想に反して、猫と犬は実に仲良く暮らすことができる。もしできるなら、家庭で子猫と子犬を一緒に育ててみよう。成長した猫と犬はお互いに興味を持ちながら、恐れたり攻撃的になったりはしないことがわかる。

# 他者のために祈る

第六感を持つオスカー

アメリカのロードアイランド州にある介護リハビリセンターで暮らすペットの中で、1匹だけ不思議な能力を持つ猫がいる。それはオスカーという猫で、患者の死が近くなるとそれを鋭く察知する能力があるという。医療スタッフはオスカーが入居者の死が近いことを示唆した、およそ100の事例を文書に記録し、医学誌にその論説が掲載された。執筆者の医師の推測によると、オスカーは患者の「フェロモンかにおい」に反応している可能性があるという。いずれにしても、患者の死期を予知するオスカーの能力はとても正確で、医師や看護師はオスカーが患者の枕元に現れると、その家族をセンターに呼び、別れを告げる時間を持てるようにしている。高齢で家族がいない患者、すなわちひとりで死んでいく患者の場合には、オスカーは最期の数時間、寄り添って慰める。

# Make an entrance

# 自分の人生の主役になる

「健全な自尊心」とは、他者と比較した優越感ではなく、自分自身の絶対的な満足感なのだ。とにかく猫は、他の猫と自分を比べて時間を無駄にするようなことは絶対にしないし、まわりが自分のことをどう思っているかなどについて悩んだりはしない。猫は自らを、人から注目されたり褒められたりするに値すると信じていて、愛されることを当然のこととして期待している。猫は何がほしいか、何をしたいかということを主張することを恥ずかしく思ったりしない。彼らは愛情のお返しをするが、やめどきを知っていて、私たちにもっとほしいと思わせるのだ。

私に"WOW!"って
言わせてみてよ。

よく言われるのよ、
セクシーだって。

# 自分第一主義のススメ、3つの理由

「自分第一主義」は、自己中心的で他人に思いやりがないということではない。ただ、他人のために自分の感情ややりたいことを我慢したり、自分を犠牲にしないというだけだ。健全な自分第一主義者は、自分が感情的・身体的に満たされていることが、何よりも大事だということに気づいているのだ。

## 1. 自分を大切にすると、まわりにも優しくできる

自分自身のケアもできないのに、他人のケアができるだろうか。自分自身のケアとは、ジムに通ったり、夜にぐっすり眠ったり、健康的な食事をつくったり(外食でもいい)することだ。リラックスできる休暇を取るのもおすすめだ。

## 2. 人間関係でバランスが取れるようになる

自分自身が満たされている人は、まわりの人に気持ちを察してほしいと思ったり、幸せにしてほしいと思ったりはしない。彼らは自分の欲求を自分で満たすことができるのだ。自分を犠牲にしている人との関係はつらいものだ。対等な関係のほうがはるかに満足度は高い。

## 3. まわりの成長を促すことができるようになる

自分第一主義者は、身近な人が彼ら自身の手で問題を解決したり、ときには失敗したり(そこから学んだり)するのを一歩下がって見守ることができる。余計な手出しをしないことによって、彼らが強くなり、必要なスキルを身につける手助けができるのだ。

たとえ野良猫でも、
自分という存在に
誇りを持つ。

自分の目で
まっすぐ見る。
見たことを信じる。

毛糸が絡まったんじゃないよ。
最初からこうやって
遊ぼうと思ってたんだよ。

# 猫が食卓から食べられるもの

猫はまるで当然のように食卓につく。
愛する猫にあげてもいい私たちの食べ物は、
たとえば次のようなものがある
(もちろんほんの少しの量で、調味料が含まれないものに限る)。

- スクランブルエッグ、あるいは固めのゆで卵
- 加熱したチキン、七面鳥、魚、牛ひき肉
- さやいんげん
- バナナ
- メロン
- えんどう豆
- 皮をむいたリンゴ
- かぼちゃの缶詰
- ブルーベリー

"Never love anybody who treats you like you're ordinary."
—— Oscar Wilde

❝あなたを
平凡な人のように
扱う人を、
決して愛しては
いけない。❞

──オスカー・ワイルド

# あとがき

12年前、娘のアレックスが見つけた「里親募集」の新聞広告によって私たちは出会った。猛吹雪の中、私たちがその家についたとき、残っていた子猫は一匹だけ。その子は青い目をしていて、ふわふわの毛はなめらかで柔らかいグレー。耳や足、そしてしっぽの先は少し濃くなっていた。私たちは彼女をフィービーと名付けた。

フィービーは元気な子猫で、私たちの家で飼っていた、興奮気味のラブラドール・レトリバーや反抗的なオウム、その他のたくさんの動物たちのヒエラルキーの頂点に君臨した。彼女はいつも自信に満ちていて、決して被害者ぶることはなかった。

フィービーは、「典型的な猫」と呼ぶべきものだ。彼女は、真夜中に家の中を疾走し、朝食の時間にはテーブルの下でみんなのつま先に噛みつき、私が執筆しようと腰を下ろす直前にパソコンのキーボードの上で眠り始める。

彼女はまた、ミステリアスであることを楽しんでいた。マタタビや猫用ベッドに退屈し、高価なネズミのおもちゃを露骨に軽蔑している一方で、私が足の指を広げるのに使っているペディキュアパッドで一時間遊び倒す。

フィービーが我が家に与える影響は多大だ。目を閉じて横になると、それがどこであろうと、空間を平穏で満たしてしまう。彼女がいるだけで心地いい。フィービーは家に活力を与え、子どもたちが帰省するきっかけにもなっている。彼女は自らの大切さを十分に理解している。自分が必要とされていることも、深く愛されていることも知っている。私たちはそんな彼女とこれからの12年も一緒にいられることを心から願っている。

### シンシア・コープランド

自分にとっての正しい居場所を主張するフィービー